İtaatkâr Karısı

Erika Sanders
Seri
Hakimiyet ve erotik boyun eğme

özet

Rachel ve Roger yirmi yıldır evli olan normal bir çifttir.

Çocukları zaten üniversitede olduğundan evde yalnız yaşıyorlar.

Ancak koca cinsel ilişkilerinden memnun değildir, onları sıkıcı bulmaktadır ve bu nedenle çok özel bir evlilik danışmanının tavsiyesine başvurmaları gerektiğine karar verir.

Roger'ın karısına cinsel tekniklerini geliştirmesi için özellikle tavsiye ettiği bu evlilik danışmanı kimdir?

İtaatkâr Karısı , güçlü bir erotik BDSM içeriğine sahip bir roman ve buna karşılık, yüksek romantik ve erotik BDSM içeriğine sahip bir roman serisi olan Erotik Hakimiyet koleksiyonuna ait yeni bir romandır.

(Tüm karakterler 18 yaş ve üzeridir)

Yazar hakkında not:

Erika Sanders, her zamanki düzyazısından uzak, en erotik yazılarına kızlık soyadıyla imza atan, yirmiden fazla dile çevrilmiş, uluslararası üne sahip bir yazardır.

Dizin

İTAATKÂR KARISI
ERIKA SANDERS

11

BİRİNCİ BÖLÜM:
20 yıllık evlilik

13

BÖLÜM 1

Yine yumuşak bir seks gecesiydi.

Ama ikisi de şikayetçi değildi.

20 yıllık evlilikten sonra seks her şeyden çok bir rutin haline gelmişti.

Rachel bacaklarının arasını yıkadıktan sonra yatağına geri döndü.

Işığı kapattı, yorganın altına girdi ve kocasının yanına uzandı.

"Çok güzeldi" dedi.

"Öyleydi" diye yanıtladı Roger. "Erkekler üniversiteye gittiğinden beri biraz daha iyi, değil mi?"

Dirseğiyle onu dürttü.

"Ne kadar korkunç bir şey söylüyorsun."

"Ama kabul etmelisiniz ki, artık işleri gizli tutmak zorunda kalmamamız iyi bir şey. Ayrıca kapıyı açık bırakabiliriz."

Rachel bir an düşündü.

"Sanırım öyle. Ama yine de onları çok özlüyorum."

"Ben de."

Gözlerini kapattı.

"İyi geceler."

"İyi geceler sevgilim" diye yanıtladı ve onu alnından öptü.

BÖLÜM 2

Ertesi gün Rachel için sıradan bir iş günüydü.

Orta düzey bir muhasebe firmasında muhasebeciydi.

Şehir merkezinde son dönemde yaşanan ekonomik büyüme nedeniyle yeni müşteriler için yapacak çok işi vardı.

Öğle yemeğini, son birkaç yıldır birlikte yemek yediği aynı grup kadınla birlikte yiyordu.

Her zamanki konuları hakkında konuştular: dedikodu, eğlence haberleri, aile, çocukları, yeni tarifler vb.

Hepsi çok iyi arkadaşlardı ve her zaman birbirlerinin arkadaşlığından keyif alıyorlardı.

Rachel eve geldiğinde saat neredeyse akşam altıydı.

Roger'ın arabası zaten garaj yolundaydı.

Eve girdiğinde ortalık oldukça sessizdi.

Roger hızlıca "merhaba" derdi.

Ona seslendi ama cevap alamadı.

Rachel mutfağa girdiğinde arkadan bir çift kol vücuduna sarıldı.

Elleri şehvetli bir şekilde göğsüne dokundu.

Yüksek sesle çığlık attı.

"Peki!" dedi onu serbest bırakarak. "Benim! Benim!"

Hemen arkasını döndüğünde Roger'ın yüzündeki şaşkın ifadeyi gördü.

Karısının böyle bir tepki vereceğini açıkça beklemiyordu.

"Tanrım! Roger! Bir daha beni böyle korkutma!"

"Sana sürpriz yapmak istedim".

"Bu nasıl bir sürprizdi?" çok öfkeliydi. "Beni gündüz vakti korkuttun. Saldırıya uğradığımı sanıyordum!"

"Özür dilerim. Sadece romantik olmaya çalışıyordum."

"Böyle dokunulmanın romantik bir yanı yok."

"Özür dilerim. Bir daha yapmayacağım."

Rachel sakinleşmek için biraz zaman ayırdı.

"Bu kadar kızmak istemedim. Sadece lütfen sürprizleriniz konusunda biraz daha düşünceli olun, tamam mı?"

"Artık hiç eğlenmiyoruz. Fark ettin mi?"

"Lütfen Roger, şu anda bunu yapacak havamda değilim."

"Tamam," diye kabul etti yenilgiyle.

Rachel arkasını döndü ve kıyafetlerini değiştirmek için yatak odasına gitti.

Yatakta doğrulup içini çekti.

BÖLÜM 3

Sonraki gün.

Rachel bilgisayarın başında muhasebe işini yapıyordu.

Telefonu çaldı.

Kocasıydı.

Aramayı yanıtladı ve Roger ona bunun önemli olduğunu söylediğinde, daha fazla mahremiyet sağlamak için dışarı çıkana kadar biraz beklemesini söyledi.

Aramanın neyle ilgili olabileceğini merak etti.

Roger o işteyken nadiren arardı.

Bunun dünkü kavgalarından kaynaklanamayacağını düşünüyordu çünkü bunu zaten aynı gece yapmıştı.

"Evet?" Dışarıdayken, diğer iş arkadaşlarından uzaktayken söyledi.

"Gelecek hafta bir geziye çıkalım," diye açıkça yanıtladı. "Kıyıya yakın gidebileceğimiz sakin bir yer var."

"Gerçekten yapamam. Şu sıralar işlerim çok yoğun."

"Benimki de böyle. Ama yer açabiliriz. Gelecek Cuma gidip hafta sonu kalabiliriz. Sadece işten bir gün izin al."

"Ama buna gerek yok," diye yanıtladı, onu ikna etmeye çalışarak. "Sana kızgın değilim. Bunu dün gece netleştirmemiş miydik?"

"Bu dünle ilgili değil. Bu bizim evliliğimizle ilgili."

Bu sözler Rachel'ın tüm omurgasından ayaklarına kadar büyük bir şok yarattı.

Her zaman evliliklerinin güçlü olduğunu ve Roger'a bir eşten istediği her şeyi verdiğini varsaymıştı.

"Evliliğimizin başı dertte mi?" diye sordu.

"Böyle konuşma. Ama evliliğimizi... daha iyi hale getirmenin bir yolu var..."

Başka bir sinyal omurgasından aşağı indi.

"Bu gezi neyle ilgili?"

"Sanırım bize yardım edebilecek biri var."

"Evlilik danışmanı mı?" diye sordu.

Bir an durdu.

"Evet. Onun gibi bir şey. Bir evlilik danışmanı."

"Çok kötü durumda değiliz, değil mi? Düşündüm...düşündüm ki..."

Rachel'ın sesi boğucu olmaya başlamıştı ve gözleri sulanıyordu.

"Yanlış bir şey yapmıyoruz" diye yanıtladı, onu rahatlatmaya çalışarak. "Ama bence gelişebiliriz. Bu bir süredir düşündüğüm bir şey."

"Peki. Eğer bunun en iyisi olduğunu düşünüyorsan."

"Teşekkürler tatlım. Seni işten aradığım için özür dilerim. Bu bir son dakika meselesi. Programında bir son dakika açılışı vardı ve bundan yararlanmak istedi."

Rachel tek kaşını kaldırdı.

"O mu? Danışman bir kadın mı?"

"Evet."

"Bu kişi hakkında ne biliyorsun? Onun için neden bu kadar uzaklara gitmemiz gerekiyor?"

"Daha sonra açıklayacağım. Ama onun eşsiz bir itibarı var. Ve bence bizim için harikalar yaratacak."

"Eğer istediğin buysa, tamam."

"Bu konuya açık olduğunuza sevindim. Ayrıntıları bu gece tartışacağız."

"Tamam, hoşçakal ."

"Güle güle."

Arama sona erdi ve Rachel elinde telefonuyla şaşkına döndü.

Üzerine bomba düşmüştü ama evliliğini güçlü tutmak için ne gerekiyorsa yapacağının farkındaydı.

BÖLÜM 4

Birkaç gün sonra.

Rachel bir sonraki gezi için odada kıyafetlerini katlıyordu.

Havanın sıcak olacağını biliyordu, bu yüzden sahile yakın olacakları için Roger'ın ona getirmesini söylediği tişörtleri, şortları, sandaletleri ve mayoları paketledi.

Gitmek istemiyordu çünkü bu fikir onlara binlerce dolara mal olacaktı, aynı zamanda işte çok fazla zaman harcaması gerekiyordu ve bu kayıp günü telafi etmesi gereken bir gün olacaktı. .

Ama eğer evlilikleri için en iyisi buysa o zaman bu konuda kavga etmek istemiyordu.

Onu en çok rahatsız eden şey, Roger'ın evlilik danışmanlığı konusunda alışılmadık derecede kısa ve belirsiz konuşmasıydı.

Evlilik yılları boyunca her konuda her zaman açık olmuşlardı.

Hiçbir zaman sırlar olmamıştı.

Hiçbir zaman yalan olmadı.

Bu yüzden evlilikleri bu kadar başarılıydı.

Şimdiye kadar...

Roger'ın neden bir danışmanla görüşmek istediğini merak ederek çok zaman harcadı.

Evliliğimizin nesi var?

Her şeyin yolunda olduğunu sanıyordum.

Aramızdaki her şeyin mükemmel olduğunu sanıyordum.

Seks mi?

Artık yeterince iyi değil miyim?

Başka birini mi istiyorsun?

Bir ilişkisi mi var?

Bavul neredeyse doluydu.

Toplanacak tek şey mayoydu.

Dolabında eski bir çift vardı.

Yıllardır giymediği elbise.

Aynanın karşısında soyundu.

Çıplak vücuduna baktı.

Yüzündeki belli belirsiz çizgiler büyümüştü.

Daha önce çok diri olan göğüsleri sarkmaya başlamıştı.

Aerobik egzersizlere rağmen kalçaları kalınlaşıyordu.

Roger'ın bir danışmanla görüşmek istemesi gerçekten şaşırtıcı değil.

Mayosunu giyip aynanın karşısında poz verdi .

Bu sizi memnun edecektir.

O anda Roger ofisinden çıktı ve kaşlarını çatarak Rachel'a yaklaştı.

"Ne oluyor?" diye sordu hâlâ mayosuyla.

"Az önce patronumla telefonda görüştüm. Müşterilerimizden biri multimilyon dolarlık bir dava açtı. Artık o geziye çıkamam."

Onunla göz göze geldi ve Roger'ın doğruyu söylediğini anladı.

Rachel'ın aklından bir umut ışığı geçti.

Yolculuğun muhtemelen iptal edilmesine sevinmişti.

"Bu çok kötü" diye yanıtladı. "Bu seyahatin iptal edildiği anlamına mı geliyor?"

"Tüm seyahati iptal etmenin bir anlamı yok çünkü uçuşların ve danışmanlık ayarlamalarının parasını zaten ödedim. Yalnız gitmelisin."

Şaşırmıştı.

"Bir evlilik danışmanıyla yalnız görüşmemi mi istiyorsun ? Bunun ne anlamı var?"

İç çekiş.

"Rachel, seni çok seviyorum. Seni her şeyden çok seviyorum. Sen benim hayatımın aşkısın."

"Aman Tanrım, bir ilişki yaşıyorsun. Değil mi? Başka biri var, değil mi?"

"Hayır, öyle bir şey değil." dedi kesin bir dille. "Seni asla aldatmam. Asla aldatmadım ve asla da yapmayacağım."

"Peki neler oluyor? Son birkaç gündür bu gezi konusunda çok kaçamak davranıyorsun . Daha önce hiç bu kadar çekingen olmamıştın."

Tekrar iç çekip başını salladı.

"Özür dilerim. Sana karşı tamamen dürüst olmadım. Sanırım düşündüğüm kadar cesur değilim."

"Ne olduğunu söyle?"

"Bana güveniyor musun?"

"Elbette var. Eğer bir ilişkiniz varsa bana haber verin. Bunu çözebiliriz."

"Benim bir ilişkim yok Rachel. Ama evliliğimizde bazı değişiklikler olması gerektiğini düşünüyorum."

"Artık yeterince iyi değil miyim?" diye sordu.

"Böyle şeyler söylemeyi bırak. Sen benim karımsın. Seni her şeyden çok seviyorum."

"O halde neden bana karşı dürüst değilsin?" talep etti.

Kafasını salladı.

"Dürüst olmaya çalışıyorum. Ama yapamıyorum. Bu kolay değil. İnan bana, keşke her şey kolay olsaydı."

"Artık seni anlamıyorum, Roger."

Yüzünde bir üzüntü belirdi.

"Yine de gideceğine bana söz verebilir misin? Bu şekilde gitmenin zor olduğunu biliyorum ama evliliğimizi kurtarmaya yardımcı olabileceğini düşünmediğim sürece bunu sormazdım."

"Evliliğimizin kurtarılması gerektiğini mi düşünüyorsun?" diye sordu, gözlerinde yaşlarla.

"Lütfen bunu daha da zorlaştırma Rachel. Yalnız gideceğine söz verebilir misin? Danışmanla tanışmanı ve söyleyeceklerini dinlemeni istiyorum. Sadece dinle ve eğer hoşuna gitmediyse o zaman lütfen eve gel , yalvarıyorum".

Gözyaşları çoktan yüzünden aşağı akmaya başlamıştı.

Rachel bunların arasında boğuldu ve zar zor konuşabildi.

Daha sonra kollarını kocasına doladı ve ona boğucu bir şekilde sarıldı.

Bedeli ne olursa olsun evliliğini kaybetmeyecekti.

İKİNCİ BÖLÜM:
Leydi Samantha ve eşi

25

BÖLÜM 5

Rachel havaalanı terminalinden bagajıyla çıktıktan sonra takım elbiseli bir adam gördü.

Adam elinde adının yazılı olduğu bir pankart tutuyordu.

Konuştular ve her ikisinin de kimliğini doğruladılar.

Hedeflerine ulaşana kadar yaklaşık otuz dakikalık bir yolculuk için lüks arabasına bindi.

Bir ofis binasına varmayı bekliyordu .

Ancak varış yerinin aslında sahile yakın, daha çok malikaneye benzeyen büyük bir ev olduğunu görünce şaşırdı.

Mekanın sahibi çok zengin bir insandı.

Ve sahibi kesinlikle sıradan bir evlilik danışmanı değildi.

Araba garaj yolunda durdu.

Şoför bagajı almak için bagaja gitti.

O anda sahildeki malikanenin ön kapısı açıldı ve uzun boylu, heykelsi bir kadın dışarı çıktı.

Otuzlu yaşlarında, uzun dalgalı saçları ve model vücuduyla büyüleyici görünüyordu.

Kadın gülümsedi: "Sen Rachel olmalısın." "Hakkında harika şeyler duydum."

"Bu benim. Peki sen öyle misin?"

"Samantha. Evime hoş geldin."

İki kadın samimi bir şekilde el sıkıştı.

"Ne kadar güzel bir yer. Kesinlikle böyle bir şey beklemiyordum."

"Çoğu insan gelmiyor. Kocanızın gelememesi çok kötü."

"Kocamı tanıyor musun?" Rachel sordu.

"Babamla iş nedeniyle sık sık seyahat ediyorum ve kocanızı birkaç kez gördüm. Ama bu konuyu daha sonra konuşabiliriz. Eminim çok yorgunsunuzdur. Önce size odanızı göstereyim."

Samantha , Rachel ile sürücüyü büyük malikanenin merdivenlerinden misafir odasına götürdü.

Sürücü bagajı yatak odasına koydu ve sonra ayrıldı.

Rachel malikaneye bakarken sürekli bir merak içindeydi.

Tüm bunların değerinin ne kadar olacağını tahmin edemiyordu.

Samantha, "Duş alıp dinlenmene izin vereceğim" dedi. "Havlular aynı banyoda. Akşam altı gibi plaja gelin. Birlikte gün batımını izleyip taze meyve suyu içebiliriz."

"Kulağa çok lezzetli geliyor".

Samantha gülümsedi.

"Sonra görüşürüz".

BÖLÜM 6

Rachel soğuk bir duş aldı ve rahatladı.

Evdeki misafir odası, şimdiye kadar kaldığı lüks otellerin tüm odalarından daha iyiydi.

Her şey saf lüks ve sınıftı.

Roger'ın ne planladığını merak etti.

***

Saat altı oldu ve Rachel, içinde bulundukları sıcak havaya göre rahat giyinerek aşağı indi.

Sahile gitti ve manzaranın çok güzel olduğunu gördü.

Okyanusun ne kadar güzel olabileceğini unutmuştu, özellikle de gün batımı sırasında.

Samantha'nın orada durup okyanus manzarasına hayranlıkla baktığını gördü.

Rachel, "Her gün bunun tadını çıkarabildiğin için çok şanslısın" dedi.

"Aslında."

"Peki senin burada tam olarak ne işin var?"

"Roger sana ne söyledi?"

"Fazla bir şey yok maalesef. Sadece bir çeşit evlilik danışmanısın. Ama görünüşe bakılırsa artık durumun böyle olduğundan pek emin değilim."

"Çeşitli şeyler yapıyorum" diye yanıtladı Samantha. "Babam adına bazı emlak ve imar işleri yapıyorum. Ama aynı zamanda insanlara da iyilikler yapıyorum . Sağlamaktan gerçekten keyif aldığım iyilikler ."

"Ne? Evlilik danışmanlığı mı?"

Samantha güzel bir gülümsemeyle karşılık verdi.

"Bunu sen de söyleyebilirsin."

"Neden herkes bu konuda bu kadar belirsiz? Bilmemem gereken bir sır mı var?"

"Doğrusunu isterseniz, yıllar içinde pek çok çifte yardım ettim. Para umurumda değil. Bunu zevk için yapıyorum. Yardım etmekten keyif alıyorum."

"Peki bu çiftlere tam olarak nasıl yardım ediyorsunuz?" Rachel sordu.

"Sizce nasıl? İyi bir ilişkinin temeli nedir?"

"Aşk," diye yanıtladı Rachel.

"Seks," Samantha göz kırptı. "Çiftlerin kendileri için seks işçiliği yapmasına yardım ediyorum."

Rachel iliklerine kadar şok olmuştu ama yüzünün bunu göstermesine izin vermedi.

Yirmi yıllık sevgili kocasının kendisinden bahsederken bunu düşünmesine şaşırmıştı.

"Yani sen seks terapisti misin?"

Samantha, "Etiketleri gerçekten sevmiyorum" diye yanıtladı. "Ama seks hakkında çok şey biliyorum. İnsanların neyi sevdiğini ve bunun nasıl geliştirilebileceğini biliyorum. Bu bende doğal bir yetenek."

"Bunun benim için doğru olduğunu düşünmüyorum. Nazik misafirperverliğiniz için teşekkür ederim ama gitmeliyim. Eve giden bir sonraki uçağa yetişeceğim."

"Az önce geldin."

"Biliyorum ama..."

"Roger beni bu konuda endişeleneceğin konusunda uyardı."

"Onunla yattın mı?" Rachel açıkça sordu.

"Hayır. İnan bana, kocan sadık bir adam. Ona şöyle bir baktım ve seks hayatının ciddi anlamda eksik olduğunu anladım. Programımda bir fırsat bulduğumda kocana bir teklifte bulundum."

Rachel gözlerini kıstı.

"Evet, kocamın birkaç bin dolarlık parası karşılığında, değil mi?"

"Dediğim gibi para benim için hiçbir şey ifade etmiyor. Etrafıma bakın, kocanızın parasına ihtiyacım yok. Ama eğer insanlardan ücret almazsam, kapımın önünde ücretsiz hizmet için bekleyen uzun bir adam kuyruğu olacak . " ."

"Pekala, misafirperverliğiniz için teşekkürler. Zamanınızı boşa harcamak istemiyorum. Bunların hepsi bana göre değil. Bir sonraki müsait uçağa bineceğim."

Samantha başını salladı.

"Bu çok anlaşılır. Burada istediğin kadar kalabilirsin. Şoförüm seni istediğin zaman götürecek. Kocana borcunu mümkün olan en kısa sürede ödeyeceğim."

"Teşekkür ederim."

Samantha, dikkatini yeniden batan güneşe çevirerek, "Evliliğinizde iyi şanslar" dedi.

Rachel uzun bir süre durakladı.

"Evliliğim hakkında ne biliyorsun?"

"Kocanız bunu belirli bir nedenden dolayı istedi. Bu yüzden seks hayatınızın inanılmaz derecede sıkıcı ve monoton olduğunu biliyorum."

"Evlilikte seksten daha fazlası var. Birbirimizi seviyoruz. Hayatta harika ortaklarız."

"Kendine bunu söylemeye devam et," diye yanıtladı Samantha. "Kocanız belli ki ilişkinizde bir şeylerin eksik olduğunu düşünüyor. Ama her şeyin mükemmel olduğunu düşünüyorsanız, o zaman çekip gitmekten çekinmeyin."

Rachel uzun bir ara daha verdi.

"Yani önümüzdeki birkaç gün burada kalırsam ne olacak? Burada ne yapacağım?"

"Eğer kalırsan, sana hükmetmenin ve boyun eğmenin zevkini öğreteceğim. Bu benim uzmanlık alanım. Roger gibi birinin, ilişkideki erkeğin kendisi olduğunu hissetmesi gerekiyor. Sana ona nasıl gerektiği gibi hizmet edeceğini öğretebilirim."

"Kulağa biraz kaba geliyor."

"Seks hamdır. Ama aynı zamanda güzeldir. En son ne zaman muhteşem bir orgazm yaşadınız? Bacaklarınızın arasında bir su birikintisi bırakan türde."

"Hatırlamıyorum" diye yanıtladı Rachel. "Yıllar. Belki daha fazla."

"Kötü bir şey. Ama bunu düzeltebilirim. Yaşlı kadınlar, özellikle de eşler benim uzmanlık alanımdır."

"Yapmayacağız... biliyorsun..."

"Yapacağız. Her şeyi birlikte yapacağız."

"Bunu yapamam" diye yanıtladı Rachel. "Bu çok çılgınca. Daha önce başka bir kadınla hiçbir şey yapmadım."

"Bunu bir öğrenme deneyimi olarak düşün. Ayrıca kocanın bunun faydalı olduğunu düşünmesi delilik değil."

"Bütün bu proje için kesinlikle çok heyecanlısın."

Samantha gülümsedi.

"Sen de öyle olmalısın."

"Şimdi ne olacak?"

"Şimdi akşam yemeğine hazırlanmak için içeri dönüyorum. Şefim lezzetli bir şeyler yapıyor. Kalmak istiyorsan akşam yemeğinde bana katıl. Gitmek istersen şoförümle konuş."

"Ben kalmak istiyorum."

"Akşam yemeği yakında hazır olur. Birbirimizi daha iyi tanıyacağız. Asıl eğlence yarın başlıyor."

Samantha ipucu dolu bir gülümseme daha sergiledi.

Sonra büyük malikanesine girmek için döndü.

BÖLÜM 7

Sonraki gün.

Personelin küçük bir kısmı onlara açık havada kahvaltı servisi yaptı.

Her şey gerektiği gibi halledildi.

Tüm yiyecekler taze hazırlandı.

İki kadın kahvaltıda birbirlerinin arkadaşlığından keyif aldılar.

Rachel, "Buna gerçekten alışabilirim," diye dalga geçti.

Samantha ona göz kırptı.

"Evinde genellikle kim yemek pişiriyor? Sanırım sensin. Çok evcil bir kadına benziyorsun."

"Ben eski yöntemlerle yetiştirildim. Evde oturan kadınlardan oluşan uzun bir soydan geliyorum."

"Tipik. O klasik muhafazakar görünüme sahipsin."

"Bunu çok duyuyorum," diye omuz silkti Rachel. "Ama bunun iyi bir nedeni var. Aileme bakmayı seviyorum. Onlar için ideal anne ve eş olmayı seviyorum."

Samantha başını salladı.

"Eminim Roger evde yaptığınız her şeyi takdir ediyordur."

"Öyle" diye yanıtladı Rachel. "Ona sahip olduğum için çok şanslıyım. Çoğu koca, karısının onlar için yaptığı işi takdir etmez."

"Roger seni ödüllendiriyor mu? Sikini yalamana izin veriyor mu?"

"Üzgünüm?"

" İyi bir kız olduğun halde Roger sikini yalamana izin mi veriyor?"

Rachel kahvaltıda, özellikle de personelin önünde yapılan müstehcen konuşma karşısında şok olmuştu.

Seks hakkında çıplak konuşmak ona her zaman zevksiz gelmişti.

Rachel, "Bunun seni ilgilendirdiğini sanmıyorum" diye yanıtladı.

"Öyle değil mi? Yardımımı istediğini sanıyordum."

"Sanırım ama..."

"Dürüst ol . İkimiz de yetişkin kadınlarız. Ve personelim çok sağduyulu. Ben sadece sana yardım etmeye çalışıyorum."

Rachel küçük bir iç çekti.

"Bunu onun için yapıyorum, sadece bazen. Bunu yapmayı gerçekten sevmiyorum."

"Peki Roger'la seks hayatınız nasıl? Üzerinize çıkıp sizi birkaç kez sallayıp sonra mı geliyor?"

"Temel olarak."

Samantha neredeyse gülecekti.

"Bu harika bir seks hayatı değil. Daha çok formaliteye benziyor."

"Bu bizim işimize yarıyor."

"Elbette hayır. Roger seni burada bir nedenden dolayı istiyor. Sana bu haberi vermekten nefret ediyorum ama Roger azgın, normal bir adam. Seks yapmayı seviyor. Ve oral seks yaptırmayı da seviyor. Ama küçük sevimli karısından evlenme teklif edemeyecek kadar utangaç. ekstradan yanadır".

"Küstahlık yapıyorsun."

Samantha tek kaşını kaldırdı.

"Öyle mi davranıyorum? Roger hiç seksi geri çevirdi mi? Sikini her emdiğinde liseli bir çocuğa benziyor mu? Haklı olduğumu biliyorsun. Konu seks olduğunda bütün erkekler aynıdır."

Uzun bir aradan sonra Rachel, "Ben böyle yetiştirilmedim" dedi. "Muhtemelen Roger konusunda haklısın. Ama artık onu nasıl memnun edeceğimi bilmiyorum."

Samantha parmaklarını şıklattı ve personelden biri gümüş tepside bir seks oyuncağı çıkardı.

Samantha onu aldı ve personel gitti.

Ten rengi seks oyuncağı bir erkeğin penisine benziyordu.

Samantha onu şaşkınlıkla havaya kaldırarak , "Bu yetişkin oyuncaklarının bu kadar gerçekçi hale gelmesi şaşırtıcı" dedi.

Açıkta olmalarına rağmen Samantha yapay penis tutmaktan çekinmiyormuş gibi görünüyordu.

Etrafta kimse olmamasına rağmen Rachel kendini biraz rahatsız hissetti.

"Birinin gelip seni bu kıyafetle görmesinden korkmuyor musun?" Rachel sordu.

"Eyalette seks oyuncağı bulundurmak tamamen yasal."

Rachel utangaç bir tavırla başını salladı.

"Haklısın."

"Birini öpmenin de yanlış bir tarafı yok."

"Ne demek istiyorsun?"

Samantha yapay penisini hafifçe oynattı.

"Git ve ona küçük bir öpücük ver."

"Çünkü?"

"Ağzında penis varken nasıl göründüğünü merak ediyorum."

Samantha yüzüne doğrultulan yapay penisi ona uzatırken Rachel gergin görünüyordu.

Tartışmanın anlamsız olacağını düşündü.

Lüks bir evde misafirdi.

İsteği geri çevirmenin kabalık olacağını biliyordu.

Masanın üzerinden öne doğru eğildi ve yapay penisin kafasını öptü.

"Şimdi dudaklarını aç" dedi Samantha. "Onu içeri götür."

Rachel kendini rahatsız hissetti ama yine de yaptı.

Seks oyuncağını ağzına soktu.

Samantha, oral seksi simüle etmek için yapay penis'i Rachel'ın ağzına itip çekmeye başladı.

"Hepsi bu mu?" dedi Samantha dikkatle izleyerek. "Et şunu. Hepsi böyle. Roger'ınmış gibi davran."

Bu sözleri duymak Rachel'ın içinde bir ateş yaktı.

Daha sert, daha hızlı ve daha sert emdi .

Aslında yapay penisle oral seks yapmaya başladı.

Rachel devam edemeden Samantha yapay penisi ağzından çıkardı ve Rachel koltuğuna yaslandı.

"Fena değil" dedi Samantha. "Ama oral seks becerilerinin biraz geliştirilmesi gerekebilir. Bunun üzerinde daha sonra çalışırız. Eve döndüğünde Roger'ın çok mutlu olacağını düşünüyorum."

"Umarım öyledir," Rachel kızardı.

Samantha gülümsedi.

"Önümüzde uzun bir antrenman günü var. Kahvaltımızı bitirelim ve zamanımızı en iyi şekilde değerlendirelim."

Tekrar kahvaltılarını yaptılar.

Rachel yemeğine baktı ama hâlâ Samantha'nın son sözlerini düşünüyordu.

Eğitim? Bununla ne demek istedi?

BÖLÜM 8

Samantha'nın yatak odası geniş ve ferah bir alandan oluşuyordu.

Ve basit ama zarifti.

Mobilyalar rustik ve pahalı görünüyordu.

Balkon açıktı ve mükemmel bir okyanus manzarası vardı.

Samantha, "Kocası bana bedeninizi ve ölçülerinizi anlattı" dedi. "Ben de gidip sana yeni bir gardırop aldım."

Odanın ortasında bir bavul vardı.

Samantha onu açtı ve çoğu oldukça açık olan bir dizi giysiyi ve bir dizi iç çamaşırını ortaya çıkardı.

Rachel şaşkına dönmüştü.

"Hepsi benim için mi?"

"O bavulun içindeki her şey senin için. Ayrıca sana yeni bir makyaj seti de aldım."

"Makyajımın nesi var?"

Samantha, "Eğer muhasebeciyseniz hiçbir şey," diye yanıtladı. "Ama eğer kocanızı sürekli olarak sertleştirmek istiyorsanız, o zaman biraz daha fazla çalışmanız gerekecek."

"Roger da onu benim sevdiğim gibi seviyor."

"Sen çok güzel bir kadınsın. Eminim Roger senin dünyadaki en güzel kadın olduğunu düşünüyor. Ama bazen erkekler yatak odasında sadece kirli bir fahişe isterler. Gerçekler bunlar."

Rachel durakladı.

"Artık tam olarak genç bir kadın değilim."

"Senin yaşındaki kadınlarda kesinlikle bir sorun yok. Herkes yaşlı kadınları sever. Ben yaşlı kadınlara bayılırım."

"Peki ne yapıyoruz?"

"Düzgün, ilkel bir ev kadını olmak güzel. Ama arada bir yatak odasında kirli küçük bir sürtük olmak da güzel. Sana bunu öğreteceğim."

Rachel derin bir nefes aldı.

"Güzel. Söylemek zorunda olduğun her şeye açık fikirli olacağım."

"Güzel. Şimdi soyun."

"Beni affet?"

"Çıplak ol. Elbiselerini çıkar. Hepsini."

"Çünkü?"

Samantha kaşını kaldırarak, "Açık fikirli olduğunu söylediğini sanıyordum" dedi. "Eğer yardımımı istiyorsan söyleyeceklerimi dinle."

Rachel için Samantha'yla tartışmanın asla kazanan bir strateji olmadığı zaten açıktı.

aldı ve tereddütle kıyafetlerini çıkardı, her bir eşyayı dikkatlice katlayıp yakındaki yatağın üzerine koydu.

Vücudu yaşlandığı ve Samantha çok genç ve formda olduğu için Rachel'ın Samantha'nın önünde soyunması biraz utanç vericiydi.

Ama Rachel kendi kendine bunun doktorun önünde soyunmak gibi olduğunu söyledi.

Samantha muhtemelen kendi yaşında pek çok çıplak kadın görmüştü.

Hepsini gördü.

Bu yolculuk bittiğinde onu bir daha asla görmek zorunda kalmayacağım.

Peki beni çıplak görmesi kimin umurunda?

Tüm kıyafetleri çıkarılmıştı ve sonunda Rachel çok daha genç ve çekici bir kadının önünde tamamen çıplak kalmıştı.

"Çok kadınsı ve güzel" dedi Samantha, hafif bir imayla başını sallayarak.

"Yani öyle düşünüyorsun?"

"Dediğim gibi yaşlı kadınlara bayılıyorum. Ev kadınlarını da seviyorum. Bence sen son derece çekicisin."

Rachel omuz silkti.

"Peki sırada ne var?"

"Beni takip et."

Samantha, Rachel'ı şifonyerin yanına götürdü.

Rachel büyük aynanın ve ünlü markaların güzellik ürünleriyle dolu bir masanın önüne oturdu.

İkisi de Rachel'ın aynadaki üstsüz yansımasına baktılar.

Daha sonra Samantha, Rachel'ın makyajını yüzü temiz olana kadar silmek için nemli bir peçete kullandı.

Rachel'ın yüzündeki kırışıklıklar ve yaş çizgileri daha belirgin hale gelmişti.

"O kadar doğalsın ki Rachel. Çok güzelsin."

"Teşekkür ederim."

Samantha, "Ama şu anda güzellikle ilgilenmiyoruz" dedi. "Biz seksi seviyoruz. Buna hazır mısın, Rachel?"

"Bence de."

"Hadi başlayalım."

Samantha doğrudan kozmetik ürünlerini uygulamaya koyuldu.

Allık, göz farı, maskara, göz kalemi ve parlak kırmızı ruj tonunu ustaca katladı.

Ağırbaşlı ev kadını, saniye saniye görünüşünün dönüşümünü izledi.

Bitirdiğinde Rachel kendini zar zor tanıyabildi.

"Peki ya?" Samantha yaptığı işten gurur duyarak sordu.

"Görünüyor... görünüyor... ilginç..."

Samantha kadının omuzlarını okşadı.

"Alışacaksın. Unutma, bu sadece sen ve Roger için. Başka kimse yok."

"Anladım."

"Şimdi seni giydirelim tamam mı?"

Rachel ayağa kalktı ve Samantha'nın peşinden büyük odaya girdi.

Samantha bavulun içine uzanıp ince, kırmızı bir bornoz çıkardı.

"Bunu dene" dedi Samantha. "Ve aynaya bak."

Rachel bornozunu giyerken aynadaki çıplak yansımasına baktı.

Kısa boylu, zayıf ve minyon bir kadındı.

Her şeyden önce yarı şeffaftı.

Meme uçlarının ve kasık kıllarının rengi tamamen görünüyordu.

"Biraz açıklayıcı değil mi sence de?" Rachel bariz olanı dile getirdi.

"Amaç bu. Evdeyken, Roger için bunu her zaman giymeni istiyorum. Bu daha mutlu bir evliliğe yol açacak."

"Her zaman neredeyse çıplak olmamı mı istiyorsun?"

"Bir düşünün, göğüs uçlarınız açıktayken Roger sizinle tartışır mı?"

Rachel kıkırdayarak , "Bu kesinlikle olaylara bakmanın eğlenceli bir yolu," diye yanıtladı.

Samantha gülümsedi.

"Yıllar boyunca pek çok çifte yardım ettim. İnan bana, neden bahsettiğimi biliyorum."

İki kadın daha fazla kıyafet denemeden önce birbirlerine şakacı bir şekilde gülümsediler.

BÖLÜM 9

Aynı günün ilerleyen saatlerinde.

Rachel derin bir rahatlama halindeydi.

Spa odasında eğitimli bir masözle yalnızdım.

Sırtına uzman bir masaj uygulandığında aklı başka bir yere gitti.

Mutluluktu.

Spaya giren Samantha , "Eğlendiğine sevindim" dedi.

"Bu cennet."

"İyi bir masaj her zaman harikadır. Böldüğüm için kusura bakmayın ama az önce babamla telefonda görüştüm. Bir şeyler oldu."

Rachel haberleri dinlemek için doğruldu.

Göğüsleri görünüyordu ama umrunda değildi.

"Her şey yolunda mı?" diye sordu.

"Her şey yolunda. Ama babam birkaç iş arkadaşıyla önemli bir akşam yemeği veriyor ve benim de ona katılmamı istiyor. Bilmemi istiyor. Ayrıca misafirleri ağırlamakta da çok iyiyim."

"Gitmeliyim?" Rachel içten içe en kötüsünden korkarak sordu.

"Hayır, hayır. Ama ne zaman döneceğimi bilmiyorum, bu yüzden benim yerimde rahatınıza bakın. Personele sizin için güzel bir akşam yemeği hazırlamaları talimatını verdim bile. Sonrasında ne isterseniz yapın. kitaplar, filmler, müzik, ne istersen. Personelim ihtiyacın olan her konuda sana yardımcı olacaktır."

"Teşekkürler, sen çok kibarsın."

Samantha tek kaşını kaldırdı.

"Biraz daha kışkırtıcı bir şey yapma havasındaysanız odamdaki DVD koleksiyonunu deneyin. Kim bilir belki hoşunuza giden bir şey görürsünüz."

"Bunu aklımda tutacağım," diye yanıtladı Rachel, ipuçlarını nasıl yorumlayacağından emin olamayarak.

"İyi eğlenceler. Yakında geri gelmeye çalışacağım."
"İyi geceler."
Samantha muzip bir gülümsemeyle gitti.

BÖLÜM 10

Aynı gece.

Lüks malikane, sahibi olmadan biraz sıkıcı görünüyordu.

Erken yenen akşam yemeğinin ardından Rachel gün batımını izledi ve evi bir kez daha inceledi.

Ev sineması ve müzik koleksiyonu için sahip olduğu şeylere bir göz attı ama hiçbir şey onu gerçekten ilgilendirmiyordu.

Şimdi oturma odasında televizyon izliyordu.

Onu ilgilendiren tek şey haberdi.

Roger'ın nasıl olduğunu merak ediyordu.

Roger'ın onu özleyip özlemeyeceğini merak ediyordu.

Can sıkıntısı geldi.

Saat gecenin on biriydi ve Rachel yatmaya karar verdi.

Odasına giderken Samantha'nın odasının önünden geçti.

Kapı ardına kadar açıktı.

Özel DVD'lerini izleme teklifi hâlâ Rachel'ın aklındaydı.

Neden?

İzlemem için beni odasına davet etti.

Rachel ana yatak odasına girdi ve büyük televizyonun başına gitti.

DVD bulmak zor değildi.

Tahminine göre 200'den fazla DVD vardı .

DVD'lerin tamamı ev yapımıydı.

Her DVD'nin üzerinde tarihle birlikte bir isim yazılıydı.

Rachel televizyonu ve DVD oynatıcıyı açtı.

Şu başlıklı rastgele bir DVD seçti: Joseph 03-07-2018

DVD başladı ve Rachel yatakta doğruldu.

Gördükleri karşısında şok oldu.

Ekranda çıplak bir adam belirdi.

Orta yaşlı ve normal bir yapıya sahipti.

Başarılı bir işadamının yüzüne sahipti.

Penisi küçük ve sarkıktı.

Utangaç görünüyordu.

Doğrudan kameraya bakıyordu.

Bir misafir odasında duruyordu.

Adam adını, yaşını ve mesleğinin emlak müteahhidi olduğunu belirtti.

Bu sahne çok tuhaf geldi ve Rachel'ı son derece rahatsız etti.

Samantha'nın neden böyle bir DVD'ye sahip olduğunu anlayamadım.

Rachel ayağa kalktı ve DVD'yi kapatmak üzereyken aniden televizyondan Samantha'nın sesinin geldiğini duydu.

Çıplak adama emir vermeye başlamıştı .

Rachel izlemeye devam etmek için yerine oturdu.

Ekrandaki çıplak adam kendini okşadı.

Küçük penisi biraz daha büyüdü ve sertleşti.

Samantha'nın sesi ona emir verdiğinde adam diz çöktü.

Samantha ekranda belirdi ve Rachel neredeyse nefesini tuttu.

Samantha videoda dar deri bir korse giymiş, kollarını ve bacaklarını sergiliyor.

Samantha'nın bacaklarının arasına en az sekiz inç uzunluğunda olması gereken uzun bir yapay penis bağlanmıştı.

Samantha diz çökmüş adamın önünde durdu ve adam kemerdeki penisi coşkuyla emmeye başladı.

Rachel'ın tek yapabildiği neredeyse şok içinde bakmaktı.

Samantha'nın bir erkekle böyle bir şey yapacağına kesinlikle inanmıyordu.

İçgüdüleri ona DVD'yi kapatmasını söyledi ama yapamadı.

Ekran hipnotik hale gelmişti.

Videoda Samantha adama ayağa kalkıp yatağın üzerine eğilmesini emretti.

Bunu büyük bir heyecanla yaptı.

Samantha daha sonra seks oyuncağına büyük miktarda kayganlaştırıcı sürdü ve kendini adamın arkasına konumlandırdı.

Rachel, Samantha'nın adama girmesini izlerken nefesi kesildi.

Rachel'ın kaldırabileceği tek şey buydu.

Ayağa kalktı ve DVD'yi kapattı.

DVD'yi koleksiyondaki yerine geri koyduğunda Anna 05-23-2019 etiketli başka bir video gördü.

Sadece birkaç ay önce kaydedildi ve kahramanın bir kadın olması gerekiyordu.

Rachel merak etti ve videoyu yerleştirip tekrar yatağa oturdu.

Videoda olgun, çıplak bir kadın yer alıyordu.

Kadın ellili yaşlarının başındaydı.

Belli ki ev hanımı.

Video da aynı odada çekilmişti ancak bu sefer Samantha kamerayı tutuyor ve ev hanımıyla konuşuyordu.

Samantha kadına dizlerinin üstüne çökmesini ve Samantha'nın amına girmesini emretti.

Kadın, Samantha'nın temiz traşlı amına ustalıkla oral seks yaptı.

Rachel , Samantha'nın özel ev yapımı seks kasetini izledikten sonra şehvete boğuldu.

Yere çömeldi ve izlerken kendine dokundu.

Amcığıyla oynamaya başladı.

Lezbiyenlik ve itaat hiçbir zaman onun fantezisi olmadı ama Samantha'nın ev videolarında büyüleyici bir şeyler vardı.

Rachel, video bitene kadar amını ovuşturmaya devam etti.

Sonra bu sefer bir çiftin videosunu oynattı.

Zaman akıp geçmişti ve Rachel çoktan birkaç video daha izlemişti.

Güçlü bir şekilde ev yapımı porno izlemeye geldi.

Böyle güzel bir orgazm hissetmeyeli uzun zaman olmuştu.

Biraz dinlenmek için gözlerini kapattı.

***

Rachel tenine sürtünen bir parmağın hissiyle uyandı.

Gözleri büyüdü.

Hala geceydi.

Başını kaldırdığında Samantha'nın yüzünde bir gülümsemeyle yanında durduğunu gördü.

Samantha gülümsedi, "Koleksiyonumdan hoşlandığını görüyorum."

Rachel hızla amını kapattı.

"Aman Tanrım. Çok üzgünüm. Uyuyakalmış olmalıyım."

"Üzülecek bir şey yok. Hoşunuza giden bir şey buldunuz. Artık bir sonraki adıma hazırız."

Her iki kadın da birbirlerinin gözlerine baktı.

Aralarında kısa bir anlık sessizlik oldu.

Ayrıca işlerin çok daha ilginç hale geleceğine dair sessiz bir anlayış da vardı.

ÜÇÜNCÜ BÖLÜM:
Kölelik bizim zevkimizdir

47

BÖLÜM 11

Ertesi sabah kahvaltı Rachel için neredeyse tuhaftı.

Hayatında ilk kez mastürbasyon yaparken yakalanmıştı.

İçinde bir utanç ve rahatsızlık hissi vardı.

Samantha, "Bir sürü sorunuz olmalı" dedi.

"Bir şey."

"Utanma. Seni dinleyelim."

"O videolarda tam olarak ne yapıyordun?" Rachel sordu.

"Farklı insanların farklı fetişleri vardır. Bu insan cinselliğinin bir gerçeğidir. Ben sadece bu fetişlere hizmet ediyorum."

"Sen bir çeşit dominatrix misin, yoksa bugünlerde ona her ne deniyorsa?"

Samantha gülümsedi.

"Ben istediğimde. Veya birisinin yardımıma ihtiyacı olduğunda."

"Sen buna yardım mı diyorsun?" Rachel kaşını kaldırarak sordu.

"Elbette gördüm. O insanların ne kadar geldiğini gördün mü?"

Rachel aniden utandığını hissetti.

"Sen... hımm..."

"Devam et. Sadece sor. Isırmayacağım."

Rachel derin bir nefes aldı.

" Bana ya da Roger'a bunlardan herhangi birini yapmayı mı düşünüyordun? Başından beri plan bu muydu? Roger bir kayışla sodomize edilmek mi istiyor? Beni bir kadına oral seks yaparken görmek mi istiyor?"

"Bunlar büyük sorular, değil mi?"

"Bana bir cevap verecek misin?"

Samantha taze sıkılmış meyve suyunu içerken uzun ve dramatik bir duraklama yaşadı.

"Cevap şudur" diye yanıtladı Samantha. "Kocanızın ne istediği hakkında hiçbir fikri yok. Daha iyi bir seks hayatı istediğini biliyor. Her hafta duygusuz bir kadınla seks yapmak istemediğini biliyor ."

"Roger bana duygusuz bir kadın mı dedi?" Rachel incinmiş duygularla sordu.

"O sözlerle değil. Ama seks hayatını anlatış şekline bakılırsa duygusuz da olabilirsin."

"Peki Roger'ın ne istediğini düşünüyorsun? Videolarındaki kadınlar gibi itaatkâr olmamı mı istiyorsun?"

"Belki. Bu yolculuk bunun içindi. Ne yazık ki meşguldü ve ben ona yardım edemem. Ama iyi ki buradasın."

"Beni aldatıyor musun?"

"Hayır. Değil. Öyle olmadığını söyleyebilirim. Ama buna yakın. Sunduğunuz seks onun gibi bir adama uygun değil."

"Bunu yapmak zorunda mıyım?" Rachel sordu.

"Sana söylediğimi yap. Sana emrettiğim gibi giyin. Sana öğrettiğim gibi sikini em. Aslında, her sabah işten önce ve eve döndüğünde ona kafa vermeni bekliyorum. Mazeret yok." bunu yapmamak için."

Rachel başını salladı.

"Bunu yapabilirim."

"Fakat öğrenilecek daha çok şey var. İster inanın ister inanmayın, oral seks her şeyi çözmüyor."

"Ve bu nedir?"

Samantha ona sinsi bir bakış attı.

"Kahvaltıdan sonra öğrenmemiz gerekecek."

BÖLÜM 12

Rachel, Samantha'yı malikanedeki özel bir odaya kadar takip ederken havada gözle görülür bir gerilim vardı.

Odanın sade duvarları ve sade mobilyaları vardı.

Sadece iki metre yüksekliğinde küçük bir yatak vardı.

Yatak, battaniye veya yastık olmadan, sadece bir çarşafla kaplıydı.

, "Vakit kaybetmeyelim" dedi. "Kocanız itaatkâr bir eş istiyor. Sanırım içten içe, baskın bir cinsel figürün özlemini çekiyorsunuz."

Rachel kesin bir dille, "Kesinlikle katılmıyorum," dedi.

"Ah?"

"Roger'ın beni bu şekilde istediğini sanmıyorum. Ve benim de kesinlikle sınırlarım var. Her zaman uygun bir ilişkinin eşitliğe dayalı olduğunu hissettim."

"Seks sırasında bile mi?"

"Evet."

Samantha dudaklarını yaladı.

"Bugün öğrenecek çok şeyin var."

"Önerdiklerine açık fikirli olacağım."

Samantha başını salladı.

"Seni buraya özel bir nedenden dolayı getirdim. Burası yeni başlayanlar için bir oda. Esaret odasına henüz hazır değilsin."

"Kulağa korkutucu geliyor."

"İyi anlamda göz korkutuyor. Ama şimdilik bu odada kalacağız çünkü karışıklıktan sonra temizlenmesi kolay."

"Bunun ne anlama gelmesi gerekiyor?" Rachel sordu.

"Bu, senin gelmeni sağlayacağım anlamına geliyor. Doğru şekilde. Sana gerçek bir orgazmın nasıl bir his olduğunu göstereceğim."

"Samantha, benim için yaptığın her şeyi takdir ediyorum ama bunun gerçekten gerekli olduğunu düşünmüyorum."

"Tabii ki biliyorum," diye yanıtladı Samantha kesin bir dille. " Bunun zevkini tatmadıkça gerçek bir itaatkâr olamazsın . Yavaş yavaş başlayacağız. Seni yeni bir yaşam tarzına alıştıracağım."

Rachel yaşam tarzı kelimesi karşısında şaşkına döndü.

İşler daha da ilginçleşmek üzereydi.

Ve olayların nereye varacağını merak ediyordum.

"İyi" diye yanıtladı. "Tartışmayacağım. Şikayet etmeyeceğim. Ne istersen yapacağım."

"Kıçını görmek istiyorum. Belden aşağısının çıplak olmasını istiyorum. Sonra yatağa uzan. Ayaklarını yerde tut."

Rachel bu istek konusunda endişeliydi.

Ama yine de yaptı çünkü tartışmadan yapacağını söylemişti.

Poposunu çıplak bırakarak soyundu ve kıyafetlerini dikkatlice yatağın üzerine koydu.

Şimdi orta derecede tüylü çalıları Samantha'ya açık halde duruyordu.

Daha sonra ayakları hâlâ yerdeyken küçük yatağa uzandı.

Samantha kasık kıllarına bakarak , "Daha sonra tıraş olman gerekecek," dedi.

"Kocam bundan hoşlanıyor."

"Bugün tıraş ol. Merak etme, yeniden çıkacaktır."

Rachel gözlerini devirdi.

"Bariz."

"Şimdi bacaklarınızı açın. Tamamen açın."

Rachel yaptı.

Bacaklarını açtı ve Samantha'ya amının net bir görüntüsünü verdi.

Olgun amını güzel bir genç kadına gösterirken kendini güvende hissetmiyordu ama tüm bunların arkasında bir amaç olduğunu düşünüyordu.

"Şimdi mutlu?"

Samantha "Güzel kedi" diye takdir etti. "O şirin."

"Orada durup izleyecek misin?"

"Tabii ki hayır. Eğer sakıncası yoksa, seni getirmeden önce bacaklarını yatağa bağlayacağım. Rahat ol, söz veriyorum hoşuna gidecek."

Samantha yatağın altına uzanıp bir şey aldı ve Rachel'ın ayak bileklerini yatağın karşı direklerine bağlamak için kullandığı ipi çıkardı.

Her şey uzman hassasiyetiyle yapıldı.

Samantha'nın ipler ve esaret konusunda uzman olduğu açıktı.

Bittiğinde, Rachel'ın bacakları kartal gibi açıldı, bağlandı ve kedisi ardına kadar açıldı.

Yüksek bir uğultu odada yankılandı.

"Bu ne lan?" Rachel Samantha'ya bakarak sordu .

Samantha elektrikli bir alete benzeyen ve sesi çıkan büyük, titreşimli bir seks oyuncağını havaya kaldırdı.

Cihazın, bir kadının klitorisini uyarmayı amaçlayan titreşimli bir üst kısmı vardı.

"Bu hayatınızı daha iyiye doğru değiştirecek. Şimdi rahatlayın."

Rachel yatakta gözleri açık yatıyordu.

Şey bacaklarının arasına geliyordu.

Samantha, güçlü titreşimli cihazla tıbbi bir prosedür gerçekleştirmek üzereymiş gibi görünüyordu.

Titreşimli üst kısım açıktaki organa yaklaştırıldı.

Güçlü vibratör Rachel'ın klitoris ucuna dokundu.

" Aaahhhh !!!!" olgun ev kadını acı içinde çığlık attı.

Samantha bir anlığına uzaklaştı.

"Rahatla. Rahatla tatlım. Ben seninle ilgilenirken sadece rahatla."

Güçlü titreşim klitorise geri getirildi.

Rachel yeniden çığlık attı.

Samantha'ya durması için yalvarabilirdi.

Oturup Samantha'yı itebilirdi.

Savaşabilirdi.

Ama o yapmadı.

Rachel yatağa uzandı ve yoğun uyarımı özümsedi.

Her ne kadar acı verici olsa da içinde ufak bir zevk parıltısı da vardı.

Zevk büyüdükçe arttı.

Rachel perişan olmaya devam ediyordu ama vücudunu rahatlatmaya çalıştı.

Bu güçlü duyguyu kabul etti.

Bacakları ipi çekiyordu ama bunun hiçbir faydası yoktu.

Bacakları hareket edemiyordu.

Vücudundaki hisler çelişkiliydi.

Direnmek istiyordu ama aynı zamanda duyguların akmasına da izin vermek istiyordu.

Yatakta inlemeye ve debelenmeye devam etti.

Samantha avucunu ev hanımının vücuduna bastırdı.

Daha sonra titreşen seks cihazını klitorisine doğru sert bir şekilde itti.

Uyarılma gerçek değildi.

Olgun ev kadını acı ve zevk içinde çığlık attı.

Bacakları tüm güçleriyle ipe karşı savaşıyordu.

Kaybedilen bir savaştı.

Samantha iki parmağını amının içine sokup girip çıktığında Rachel geldi.

Koştu ve koştu.

Sularını fışkırtıyor ve fışkırtıyordu.

Her yerde ortalığı karıştıran ıslak bir orgazmdı.

Rachel'ın sırtı şiddetle kamburlaştı.

Ayak parmakları kıvrıldı.

Bir süre neredeyse tanınmaz hale gelirken tuhaf yüz ifadeleri yaptı.

Daha sonra vücudu tamamen gevşedi.

Samantha cihazı kapattı ve işine gülümsedi.

Cihazı indirdi ve ev hanımının ayak bileklerini çözdü.

Yatağa oturdu ve ne kadar güzel göründüğünü fark ederek Rachel'ın saçını ovuşturdu.

Samantha hâlâ Rachel'ın saçını okşuyordu. "Henüz konuşmakta zorluk çekmeyin" dedi. "Sadece rahatla. Mutluluğun tadını çıkar. Eminim şu anda klitorin acıyor olmalı."

Rachel başını salladı.

"Evet."

"Dinlen. Klitorisin iyileşsin. Bugün antrenmana devam edeceğiz."

Samantha, Rachel'ı alnından, yanağından ve dudaklarından öpmek için eğildi.

BÖLÜM 13

Zaman telaşsız geçti.

Birlikte öğle yemeği yediler ve normal şeyler hakkında konuştular.

Aralarında bir dostluk gelişti.

Seks konusu bir daha gündeme gelmemişti ve Rachel'ın klitorisinin titreşim saldırısından sonra iyileşmek için yeterli zamanı vardı.

Rachel öğleden sonra biraz kestirdi ve uyandığında yatağının üzerinde çok güzel siyah bir elbise vardı.

Yatağın üzerinde bir çift yüksek topuklu ayakkabı da vardı.

Elbisenin üzerinde el yazısıyla yazılmış bir not vardı.

Notta şunlar yazıyordu:

"Güzel, uzun bir duş al. Daha sonra sana öğrettiğim gibi makyajını yap. Daha sonra altına başka bir şey koymadan elbiseyi ve topuklu ayakkabılarını giy.

saat altıda alt kattaki esaret odasında buluşuruz . Kapının kilidi açılacaktır."

Not Samantha tarafından imzalanmıştı.

Bacaklarının arasında bir karıncalanma büyüdü.

Rachel yataktan kalktı ve duş aldı.

Makyajını yapmadan önce kendini kuruladı ve aynadaki çıplak yansımasına baktı.

Her kozmetik ürününü tam olarak Samantha'nın ona öğrettiği gibi uyguladı.

Rachel yatak odası aynasının önünde elbisesini değiştirdi.

Elbise zarif ve seksiydi.

Yansımasına hayran kaldı.

Çok farklı bir kadına benziyordu.

* * *

Akşam saat tam altıda aşağıya indi, sonra koridora çıktı.

Esaret odasının nerede olduğunu bulmak kolaydı .

Köşkün kapısının daima kapalı olduğu tek oda burasıydı.

Artık kapı açıktı ve ona sesleniyor gibiydi.

Esaret odası evin geri kalanıyla karşılaştırıldığında sıkıcı görünüyordu.

Hiçbir değeri olmayan ortalama büyüklükte bir odaydı.

Birkaç masa ve sandalye vardı.

Tavandan sarkan bir ip ve kaba görünen garip görünümlü cihazlar gibi ilginç görünümlü başka öğeler de vardı.

Rachel odaya girdi ve gözlerini odanın üzerinde gezdirdi.

Beklenti arttı.

"Beklediğin bu muydu?" Samantha'nın sesi arkadan söyledi.

Rachel döndüğünde Samantha'nın kırmızı deri korse ve siyah çizmeler giydiğini gördü.

gösterdi ve saçları geriye doğru toplanmıştı.

Gerçek bir dominatrix gibi giyinmişti.

Samantha daha sonra kapıyı kapattı.

Rachel sinirlerini gizleyerek, "Dürüst olmak gerekirse biraz daha fazlasını bekliyordum" dedi.

"Çoğu insan benim esaret odamdan daha fazlasını bekliyor. Ama ben sadeliği tercih ediyorum. Bu sürpriz unsuruna sahip olmayı seviyorum."

"Ne demek istiyorsun?"

Samantha gülümsedi, "İnsanların bu odayı küçümsemesi hoşuma gidiyor." "Dahası, ne tür oyuncakların ve cihazların kullanıldığı da önemli değil. İyi bir BDSM erotik ilişkisini sağlayan şey, boyun eğme isteği ve itaatkar üzerindeki baskın güçtür. Oyuncaklar değil."

Rachel'ın elleri odayı işaret etti.

"Yine de buradayız."

Samantha ev hanımına doğru yürürken, "Beni yanlış anlamayın" dedi. "Oyuncak kullanmayı seviyorum. Ayrıca ipleri de seviyorum. Onlar, itaatkârlar üzerindeki gücümü pek çok açıdan artırıyor."

"Bana ne yapacaksın?"

Samantha'nın gözleri ev hanımına yukarıdan aşağıya baktı.

"Bu elbisenin içinde ne kadar güzel göründüğünden bahsetmeyi unuttum. Sana çok yakışıyor, tüm kıvrımlarını gösteriyor. Ve makyajından etkilendim. Hızlı öğreniyorsun."

"Teşekkür ederim. Bu kıyafetle...hmm...çekici görünüyorsun."

"Her zaman elimden gelenin en iyisini yapmaya çalışıyorum."

"Peki bana ne yapacaksın?" Rachel yeniden sordu, neredeyse öğrenmek için çaresizce.

Samantha öne çıktı ve dudaklarını ev kadınının kulağına götürdü.

Samantha usulca, "Seni bağlayacağım" dedi. "O zaman seni tekrar tekrar buraya getireceğim. Sen kocana aitsin. Ama bu gece bana aitsin. Amın bana ait. Ve orgazmların da bana ait."

Rachel'ın gözleri büyüdü.

"Ah. Ben... ah..."

"Sanırım Roger seni hiç bağlamadı."

"Asla."

"Mükemmel. Birinin ilki olmayı seviyorum. Hareketsiz dur."

Rachel, Samantha'nın duvardaki bir cihazı çevirmesini izlerken pahalı elbisesinin içinde utangaç bir şekilde hareketsiz duruyordu.

Tavandan sarkan ip Rachel'ın bulunduğu yere indirildi.

"Beni bununla mı bağlayacaksın?" Rachel sordu.

"Bir problem mi var?"

Rachel endişeyle başını salladı.

"HAYIR."

"Güzel. Şimdi bana oyuncak bebeklerini ver."

Samantha yumuşak ipi kullandı ve ustalıkla Rachel'ın bileklerini bağladı.

Düğüm sıkıydı.

Rachel'ın elleri bağlıydı.

Hiçbir direniş göstermedi.

sonra tekrar duvara gitti ve cihazı ters yöne çevirdi.

Bu Rachel'ın ellerinin başının üzerine kalkmasına neden oldu.

Çok acı verici bir şey değildi ama Rachel'ın hareket etmesini engelleyecek kadardı.

"Rahat?" Samantha yarım bir gülümsemeyle sordu.

Rachel elleri başının üstünde bağlı halde dururken neredeyse titriyordu.

"Bileklerim ağrıyor."

"Kavga ettiğin için acıyor. Rahatla. Kendini bana ver."

Samantha yakındaki bir çekmeceyi açtı ve içeri uzandı.

Bir bıçak çıkardı ve pis bir sırıtışla yavaşça Rachel'a doğru yürüdü ve keskin nesneyi salladı.

"Aman Tanrım!" Rachel korkunç bir şey olacağını düşünerek korkuyla nefesini tuttu. "Lütfen hayır! Tanrım! Tanrım!"

"Saçmalama. Seni incitmeyeceğim. Kötü anlamda değil."

Samantha bıçağı Rachel'ın elbisesinin üstüne getirdi.

Daha sonra elbiseyi ortadan bölerek aşağı doğru kesti.

Samantha bıçağı yakındaki bir masaya koydu, sonra elbisenin üstünü açarak Rachel'ın iki yuvarlak göğsünü ortaya çıkardı.

Samantha gülümsedi, "Şimdi gerçek bir fahişeye benziyorsun." "Sürtük makyaj, güzel saçlar, pahalı topuklu ayakkabılar ve eski sarkık göğüslerini ortaya çıkaran yırtık bir elbise. Bütün bunlar bir sürtüğün belirtileri. Katılmıyor musun?"

Rachel endişeyle başını salladı.

"Evet."

"Ben her zaman on santim kuralına uyuyorum. Söyle bana, kocanın penisi ne kadar büyük?"

Rachel, "Yaklaşık beş inç," diye itiraf etti.

"Roger'ınki beş inç uzunluğunda, bu yüzden dört inç daha ekliyorum. Bu da toplam dokuz inç."

Samantha dokuz inçlik bir yapay penis almak için başka bir çekmece açtı.

Boyutuna hayret ederek baktı.

Daha sonra kasıklarının etrafına bir kayış taktı ve 10 inçlik yapay penis taktı.

"Bunu içime mi koyacaksın?" Rachel endişeyle sordu.

Seks nesnesine yağ uygulayan Samantha, "Seni bununla sikeceğim" diye yanıtladı. "Hiç ayakta seks yaptınız mı?"

"HAYIR."

"Bir ilk sefer daha."

Samantha, Rachel'ın önünde duruyordu.

Karşı karşıyaydılar, aralarında yalnızca birkaç santim vardı.

Samantha kendinden emin ve sakindi.

Rachel sinir hastasıydı.

Havada cinsel gerilim yoğundu.

Samantha öne doğru eğildi ve Rachel'ın dudaklarına kocaman bir öpücük verdi.

İlk başta pürüzsüzdü.

Sonra daha tutkulu.

Sonra daha da sertleşti.

Samantha, Rachel'ın alt dudağını hafifçe ısırdı.

Daha sonra dil öpücüğüne devam ettiler.

Onlar öpüşürken Samantha ellerini indirdi ve Rachel'ın elbisesini kaldırdı.

Sonra kayışın aletinin ucunu Rachel'ın dudaklarına götürdü.

Rachel ayağa kalkarken bacaklarını iki yana açtı.

Yapay penis kedisine doğrultuldu.

Samantha, Rachel'ın kulağına, "Şimdi sana nüfuz edeceğim," diye fısıldadı.

"Nazik olmak."

"Hayır," diye fısıldadı Samantha.

İki kadın birbirine dolanmış haldeyken, Samantha sertçe itti ve Rachel'ın amına girerek duyulabilir bir nefes alış verişine neden oldu.

Samantha bir kez daha itti ve daha da ileri gitti.

Cinsel nesne derinleşiyordu.

Bir noktada, dokuz inçlik seks nesnesi tamamen amın içine gömüldü.

Rachel inliyor ve bacakları titriyordu.

Samantha, Rachel'ın iki kalçasını da havada sıkıca tutarak fiziksel gücünü gösterdi.

Rachel tamamen yerden kalkmıştı, elleri tavandaki ipten sarkıyordu.

Samantha bacaklarını tutarken ayakları ve topukları çılgınca sallanıyordu .

"Kavga etmeyin" dedi Samantha, ev hanımını havaya kaldırarak. "Ne kadar çok kavga edersen o kadar çok acıyacak. Teslim ol bana."

Samantha arkasına yaslandı ve sert bir hamle daha yaparak yapay penisini amının derinliklerine doğru itti.

Samantha'nın elleri Rachel'ın bacaklarına sıkı bir şekilde kilitlendi.

Sahiplik ona nüfuz ederken Rachel havada asılı kaldı.

Lanet ediyorlardı.

Birbirlerinin gözlerinin içine baktılar.

Rachel ağlıyor ve inliyordu.

Ama Samantha'ya asla durmasını söylemedi.

Cesaret edemedi ama etmek de istemedi.

Bu antrenmanın bir parçasıydı ve bedeninin ölçülerine uyum sağlamasıyla kendini iyi hissetmeye başlamıştı.

Saçları da ayakları gibi dağınıktı.

Samantha tarafından becerilmekten hoşlanıyordu.

Vücudu yanıyordu.

Rachel'ın bilekleri ağrıyordu.

Vücudu havada asılı kalırken bileklerinin etrafındaki deri koyu kırmızı bir tona dönüyordu.

Ama bileklerindeki acı, amının hissettiği hisle karşılaştırıldığında hiçbir şeydi.

Büyük seks oyuncağı, amının içinde var olduğunu hiç bilmediği sinirleri uyardı.

Baskı devam etti.

Çığlık attı ve çığlık attı.

Ağladı ve ağladı.

İnledi ve inledi.

"Benim için boşal" dedi Samantha, ev hanımına zevkle bakarak. "Benim için gel, seni pis yaşlı fahişe."

Rachel kalçalarını itti.

"Yaşlı değilim!"

Bir orgazm vücudunu parçaladı.

Rachel var gücüyle çığlık attı.

Sırtı şiddetle kavislendi.

Yüksek topuklu ayakkabılarını odanın diğer ucuna fırlattı.

Rachel'ın am sıvıları her yere sıçradı ve temizlikçi kadına ciddi bir iş bıraktı.

Orgazm azaldıkça Rachel'ın gözleri geriye döndü ve vücudu rahatladı.

Samantha kucaklamayı bıraktı ve Rachel neredeyse kasvetli bir halde bileklerindeki ipten sarkıyordu.

Samantha ipi indirdi ve Rachel'ın yarı baygın bedeni, kendi sıcak sıvılarıyla dolu bir havuzun içinde yerde yatıyordu.

Rachel gözlerini açabildiğinde Samantha'nın korsesini çıkardığını ve kendini tamamen çıplak bıraktığını gördü.

Rachel, Samantha'nın mükemmel çıplak vücudunu kıskanmadan edemedi.

Samantha yere oturdu ve Rachel'ın saçıyla oynadı.

Samantha tamamen çıplak bir şekilde gülümsedi: "Roger, senin gibi orgazm dolu bir sürtüğe sahip olduğu için çok şanslı."

"Daha önce hiç böyle gelmemiştim. Asla."

"Size hizmet edebildiğime sevindim. Ama unutma, ben dominatrix'im, sen de denizaltısın. Bu benim zevkim için, senin değil. Ve şu ana kadar henüz gelmedim."

Rachel tek kaşını kaldırdı.

"Aklında ne var?"

"Hiç amcık yedin mi?"

"HAYIR."

"Her şeyinle ne kadar bakiresin. Bana doğru sürün. Yüzünü bacaklarımın arasına koy."

Rachel kendisine söyleneni yaptı.

Yüzü onun kedisinden birkaç santim uzakta olana kadar emekledi.

Samantha kendi vajinasına atıfta bulunarak, "Dudaklarımı öp," diye emretti. "Öpülmeyi seviyorum."

Rachel buna uydu ve Samantha'nın temiz traşlı amının dış katmanını öptü.

"Lolipop gibi yala. Sonra sanki günlerdir bir şey yememişsin gibi dilini içeri sok."

Rachel emirlere uydu, amını yaladı ve dış sıvıların tadına baktı.

Dili dudaklarındaki her noktayı hissetti.

Sonra dilini içeri soktu, yaladı ve emdi.

İlk kez am yemişti ve tadının güzel olduğunu fark etti.

"Bu iyi," diye inledi Samantha. "Devam et. İyi bir kedi gibi yalamaya devam et."

Bir zamanların ağırbaşlı, ciddi ve düzgün ev kadını, kısa sürede usta bir vajina yiyiciye dönüştü.

Heyecanla yaladı ve emdi.

Dili yukarı aşağı hareket ediyordu.

Birkaç dakika sonra Samantha tiz bir çığlıkla geldi.

Bacakları titredi, sonra rahatladı.

Samantha'nın gözleri parladı.

"Tanrım. Bunu bu kadar doğal bir şekilde yapabileceğini kim bilebilirdi?"

Rachel gülümsedi ve başını Samantha'nın uyluğuna yasladı.

"Sen iyi bilirsin".

"Yani öyle düşünüyorsun?" Samantha retorik bir şekilde sordu.

Rachel baskın kadının kalçasını öptü.

"Evet."

İki kadın karşılıklı rahatlama anlarına devam etti.

Rachel gözlerini kapadı ve başını tekrar baskın kadının uyluğuna yasladı.

Samantha güzel ev hanımına baktı ve saçını okşadı.

BÖLÜM 14

Günler sonra.

Rachel valizini topladıktan sonra içinde iki valiz bulunan bir arabayı itiyordu: biri normal kıyafetleriyle, diğeri ise Samantha'nın ona verdiği valizlerle.

Kocasının dışarıda beklediğini gördü.

Kocaman gülümsemeler geri geldi.

Roger, karısını bu kadar bronzlaşmış ve rahatlamış görmekten mutluydu.

Rachel'ın yanına koştu.

Arabayı durdurdu ve ona boğucu bir şekilde kocaman sarıldı.

Özel bir andı.

O günün evlilikleri için yeni bir başlangıç olmasını istiyordu.

"Seni çok özledim" dedi Roger.

Rachel dudaklarını onun kulağına yaklaştırdı ve fısıldadı, "Beni eve götüreceksin ve odadaki yatağa bağlayacaksın. Sonra sikini boğazıma sokacaksın. Sonra da düzüşeceksin . ben. anladın mı?"

Kötü dili karşısında şaşkına dönen karısına iyice bakmak için biraz geri çekildi.

Rachel'ın gözlerinde özel bir ışıltı vardı.

açlık

Bir şehvet.

Roger karısının farklı bir kadın olduğunu fark etti.

Roger daveti kabul ederek başını salladı.

Rachel gülümsedi ve ona bir öpücük verdi.

SON

Don't miss out!

Visit the website below and you can sign up to receive emails whenever Erika Sanders publishes a new book. There's no charge and no obligation.

https://books2read.com/r/B-A-IGGS-NTRNC

BOOKS 2 READ

Connecting independent readers to independent writers.